一行詩

生《い》き様《ざま》

青木 靖

クリエイティブメディア出版

一行詩

生き抜

大好きな音楽と酒に酔い天国に旅立つ

又一ツ昔の人になる松飾

一諸に食べる人の居ない餅を切る

死んだ人が生きた人を走らせる

待つ人の居ない家に雪が帰さない
旅の思い出を腹に収めて帰る
一人で行く道は限りなく淋しい
要らない正月に神棚を払う

此んな女々しい私を嫌いですか
妻が亡くなったなんて言ったら涙が溢れちゃう
人は生まれて御先祖様になる
妻の居ない助手席に話しかけている

人生を使い切りに旅に出る
死を恐れるな死ぬ為に生きている
老人が仲間が居て何やら騒いでいる
最後まで孤独な道を生き切ってみる

旅の夜は脳が喜んで寝かせない
お元気ですかと朝日に覗かれる
旅に出るのに勇気を絞り出す
人は此の世に御邪魔して一時の夢を見た

堂々と生きても彼岸は近い
人は悲しみを繰り返して生きて行ける
何一ツ動いてくれないで一人です
山の湯に雪は近いのか尾根の影濃い

妻の最後にみんな側にいるよ
人は迷い決め後悔を連歩く
一人で行く道は有り余る自由が恐い
妻の居ない部屋に冬の陽転げ込む

旅立つ妻の細い足を涙で撫で続けていた
昨日の続きを今日もしている
妻が居ての俺だった
要らない年が追いかけてくる

紅葉山に陽は真直ぐに尾根を駆け
山里の物産館に旅人の影は急ぐ
人の一生は運不運が付いてくる
みんな年をとった行く所がない

山ノ湯を雪が削って湯ノ川を押し出す
街のホテルの小部屋眠れない夜に酒で死ぬ
安易に親の道行くな自分の道を行け
色々生きて居なくなった

暦に付いた丸印は娘の来る日

お見舞香奠とび交う老いの此の頃

誰も来ない座布団を敷く

花は来年又咲くが人は生きている内に

楽に生きても命は一ツ

一人で生きて何が面白いのか

日時に追われる老いの一日

目覚めても一人

老い深し香奠が往き来する
坊さんのお経遺族さえ成仏させる
御無沙汰も行かねばならぬお葬式
誰も来ない一日の門を閉じる

一人のテレビは良くチャンネル回る

待つ人の居ない家の鍵を捜す

もう語れなくなった夫婦の歴史

みんな側に居るよ妻の墓の側に

誰にも見えない明日の自分
今日も元気だやる事がない
此の子等も親になるのか駄々をこね
咳をして景気をつけても一人です

時が過ぎれば人の縁は薄くなる
雲を枕にお日様も昼寝時
健康を失うとすべてを失う
妻の居ない花なんていらない

誰も助けてくれないお鈴を鳴らす
時には消えたい時がある
待つ人のいない家路は遠くて暗い
楽しみは食うしかないメタボ作りだし

春は賑やかが好き風も連れてくる
誰でも皆んな骨になる其れは何時でしょう
どんなに旨がっても喉をすぎる迄
秋深し野辺に野菊に道祖神

歩く影を影が追い越す
公園に鼓笛隊パラパラと通りすぎ
今日の朝日を迎え入れる
淋しい風に歩かされる

此の曲り角に涙置いて行く
淋しさは咳をして通りすぎる
一人の夜はよく酒が進みます
綿帽子被る地蔵に柿供える

©Yasushi Aoki

飯豊山（いいでやま）シモツケソウ
1996.8.16

©Yasushi Aoki

黒桧岳（くろびだけ）頂上
2001.6.17

日時を旅の相客とする
風が侘しい月見草
良い事が有りそうな今日の服を選ぶ
アジサイ一ツ塀から顔だした

何やら住んで引越して行く
雨のカエデは真珠の粒が磨く
チョウチョヒラヒラどちら迄
生きる目的は美味しい物食うだけか

何処迄行こう花の道
人は大方病んでいる
山を降りた風田圃に消える
我侭に風に押させる旅は連れ

誰も居ない部屋に扇風機首ふる

落葉親しく腰降す

バスの旅には舟の漕ぎて多くする

電柱の行きつく先は山に登りだす

六地蔵には赤トンボよく似合う

ごはんが旨い春の雪ふる

颪が急げば峠に黒雲

草からバッタとびだした青空

ほら其処に彼岸花咲いている足元に
耕耘機虫を堀りだした鳥を従がえる
妻の居ないベットに朝日燦々
一人で住んで一人の冬を待つ

誰も居ない自由は悲しすぎます
一人住んで冷蔵庫覗いている
誰か俺の背中を押してくれ
此の先に誰にでもある救急車

酔った勢いでコロット旅立つ

今日の区切りは散歩で終らせる

未だだと思った彼岸は近い

一人住んで洗濯機は家族の一員

©Yasushi Aoki

四里観音避難小屋（よりかんのんひなんごや）

2001.7.15

©Yasushi Aoki

四里観音（よりかんのん）
2001.7.15

毎日に追いかけられる
通学路孫が踏んだか春の雪
曳山の灯り川面の波あおる
人は其の人に合った場所に落着く

一人で食べて一人で片付けている
人は食べてりゃ幸せだ
此の径を萩に行きずまる
あったらいいね雲の家

天の川に渡し舟
行かなかならない三途の川
好奇心暑さ寒さを連れている
幸せは晴れてやる事のある老いの一日

降る様な星の光りを妻捜しだす

山旅を恋がれては妻の待つ家に急ぐ

何もかも終った気がする一周忌

一日終った妻とお鈴で話しする

皆親切だけど勇気が出ない
坊さんお経の間にお鈴を叩く間を計る
面白くない世がメタボ作りだし
人の行き着く先は淋しくて悲しい

人の一生は時を相客とする
そうだ此んな事が芸術なんだ
人は今が良ければ先は見えない
連休は渋滞聞いて落つける

楽しさと悲しみを計ると悲しみが重い
人の目的は食う事だけだった
一人住まいの風も住まわしている
面白くない奴が長生きを目指している

春風を迎えたらボケの花とび込んだ
別れは明日にもやってくる
明日は死んでいる今日の酒を酌む
柿の葉枯れて一枚の葉雪を待つ

©Yasushi Aoki

奥鬼怒縫走路　黒岩山登山口
(おくきぬじゅうそうろ　くろいわやまとざんぐち)
2001.8.5

©Yasushi Aoki

清水峠（しみずとうげ）
2001.10.21

纏まり遊ぶ子等夕日に街に散らばる

甘酒の湯気を透して寒桜

妙義見えるが浅間が霞む上州小幡は山畑

毅然として大パーティとすれちがう

今日笑いましたか酒が泣かせます
皆んな淋しい老いてはなをさらに
前に後に子育のお母さんを応援する
梅雨晴れの紫陽花に傘を指す

誰が打つのか鐘の音山に登る
芽吹いた蓬にタンポポよりかかる
コスモス散らしたのは何処の子
迷った径にスズラン見つける

白樺が明るい休むとしよう
バス停に有るだけの花を咲かせる
君の居ない俺は何処かに流される
孤独を友とし四季の草花風を聞く

今頃の娘の化粧は皆パンダになる

人を貶すなみんな誉めておけ

日暮れのダムは特に淋しい

日溜りの墓に柿赤くして二ッ三ッ

石の径にも枯草にぎわう
竹藪に間借して咲くユスラ梅
天に尾根張るあれは何山
思い出はすべて山路に続く

今年も咲いた梅妻と一諸に見たかった

最近手がよく滑るのは年のせいか

恋しい妻に夢で会いに行く

一人の侘しさを洗濯物で見栄《みえ》を張る

又一ツ悪い所見つけ医者は客を離さない
黙っていると時は無言ですぎて行く
飲んでも食っても一人です
まあいいか仕様が無いで終るお葬式

©Yasushi Aoki

四方原山（よもっぱらさん）より赤羽ノ頭に向かう
2002.4.14

©Yasushi Aoki

四方原山山頂（よもっぱらさんさんちょう）

2002.4.14

気に食わぬ奴のチャンネル切り捨てる

起きて食べて寝る何もない一日

人は居なくなるだけなんだ

妻の写真に大好きだよと声をだす

待つ人の居ないお土産げを買う

子や孫で賑わった部屋余韻残して去る

一人住んで過ぎた日を数えている

人は見た目でほぼ決まる

桜も散り終った日に君は旅立つ
食えば洗い食っては洗いの繰り返し
一人で住んでいる何が面白いのか
別れは明日にもやってくる

有名人名は知られど一日は二十四時間
隠やかに過ぎてくれ地球には爺婆が住む
港のクレーンカマキリになっている
喜びは遠く悲しみは近くに住んでいる

大食いは地球を痩せさせる
明日が追いかけてくる
郊外の山に住宅登りだす
俺が居て何んで不況が今なんだ

楽しくすごしたアイちゃんにアリガトウ
次に通った街のお店消えている
菜の花摘んで飾って食べる
子供は分身だけど妻は同体だった

明日は目醒められるか
妻と見た月は何時も満月
突然明日が消えるなら今日の花見る
尼寺にボケ一輪の紅をさく

人を集めてゴミを集める
長生きは歩けば薬局座れば医者通い
人の居ない仕事場にラジオ鳴り続ける
此れから誰にでも有る夫婦の別れ

©Yasushi Aoki

御所山山頂（ごしょやまさんちょう）
2002.8.4

©Yasushi Aoki

（雲ノ平）奥日本庭園（おくにほんていえん）

2002.8.17

六十代まだ死なないと思っている
言訳は今だけ忙しいと言ってをく
何もしないで腹へらす
魚港の坂は寺で行き詰る

もうこの先は山になる草に家
咲き急ぐ花に待ったをかける
廃屋に山水あふれあふれる
月明り背に括りつけ山の径

浅間山から雷覗く碓氷峠に馬子の唄
一人で住んで一人のゴミを出す
山は皆藍に染まりて茜空恋う
又昼がきた一人の飯を炊く

時は人を待たない彼岸は人を淺う
ウーウーと行くパトカーも昼飯を思う
皆んな年とった街も人も変り様
人は食うほかに能はないのか

人は居なくなってその人の価値を知る

寝酒が起こしテレビが寝かせない

身の振り方も出来ないでいる年の甲

今日何か良い事がある洗濯物を干す

人の命は限り有るから面白い
人の不幸で我家の運を確かめる
みんな元気でやる事がない
日の早さ薬飲むのも追いつかぬ

誰も八十才は生きていると思っている
金が人を集め時が人を消して行く
夢中で働き子育てが一生の楽しさだった
人は別れるために生きている

人毎と思った事が自分に降ってきた
梅雨の間の青天に背中を押される
陽は又上り人は同じ事をくり返す
日常に取り付かれ逃れられない

©Yasushi Aoki

東破風山（ひがしはふうさん）

2003.9.28

©Yasushi Aoki

橅峠（ぶなとうげ）の山麓の家
2003.11.23

生きてると洗濯物を旗とする
今時の営業は声が若いと誉めてくる
一人くらして営業マンと戦っている
老いては娘がかけがいのない宝物になる

何もない一日が一番の幸せだったんだ
生きる目的に出版の旗を上げる
其の一言で後悔を連れ歩く
過ぎてみれば今の世の事は夢だったか

マグロウナギ世界を食い尽くす日本人
お互いに彼奴は死んでいるだろう
一日終った酒が肝臓に報告する
妻が笑えば楽しくなった

誰でも自惚れがあるから生きられる
一人強がって一人の夜を送る
真夜中に寝ないで稼ぐ芸人達
一人で見る桜は涙で霞みます

酔って出てくる一句かな

限りなく利益を追う企業におとし穴

長生きの先に孤独が付いてくる

ロケットの旅で妻に会うのが楽しみだ

二人で建てたお城に風を住まわせる

人間は競いたがり目立ちたい

心の里帰りする墓参り

人の生き甲斐は子育ての終る迄

妻を大切にしておけ別れは突然やってくる

此の侭骨になるのか雪山に迷っても一人

頑固に生きても時間に従う

年寄りの願いは元気でコロリ待つ

妻のお見舞が楽しみになっている
怒る人の居ないのが何よりも悲しい
誰にでも待って居る夫婦の別れ
詐欺師にも落し穴を仕掛ける

矢沢峠（やざわとうげ）
2004.5.15

©Yasushi Aoki

中津川（なかつがわ）沿いで
2006.4.3

他人事と思ったことが自分に降って来た
何処で浮いたか沈んだか人の生き様
もう最后かも知れない姉弟の旅
何時もの道にも事故と病の落し穴

何やら仕事して飯食って一日終らせる
遺らずに後悔するよりやって死ね
今の世で修行が足りず成仏出来ないでいる
皆んな長生きで地球を痩せさせる

知らない内に禍災の種を撒いていた

香典を包み続けて長生きを病む

又来るからね妻の墓に声を出す

老いが未練を追いかける

今日こそにも何もない一日
何時終るか解らない財布を握る
未だ生きているだろう酒を買う
此の地に骨を埋めよう故郷は心の奥に有る

夜が私を寝かせない酔い痴れて一人
今日の笑顔で明日も頑張れる
挨拶で明るく仕様どうもで手を上げる
人の心を揺さ振りたく詩を吐いてみる

飲んで飲んだくれ夜と戦っている
まだ生きている夕べのお鈴を鳴らす
妻を失い敗者を思う
姥桜にもウグイス

心が寒いなら自分を誉めてみよう
お元気ですかと朝日に覗かれる
何も要らない支えが欲しい
偓促子育終れば年金楽になったら高齢者

孤独と同居して家を守る
生きる目的は子育ての終る迄
子育ての終った夫婦に落し穴
生きるのが辛い時は楽しい事を思う

人生は思ったよりも短い
一隅にも花を咲かせる
悲しみも痛みも歴史が綴じる
夕陽に鐘ノ音ひびき

大きな噫して行くはお年寄り
どんなに大事に生きても死ぬ時は死ぬ
坊さん賑やかが好き鉦太鼓打ち鳴らす
心の里帰りする墓参り

頑張り甲斐もない一人です
此の道をどうしようもなく歩く
やる事をやる飯食って終わる一日
妻を失えば敗者を味わう

先は短い僅かな時間を贅沢に使う

此の先も一人で行く妻の星迄

苦手なお使い馴れないでいる

落葉踏んで一人弁当を開いても一人

此の山も人は居ないが我の行く径
頂上や蟻がいて蜂が来ただけ
今度こその峰にも先に峰
雨の山里犬に送られる

ヤッホーかけたい一人です
我儘に歩いて月を従える
あの雲と行こう故郷の方に行く
赤トンボ六地蔵を遊ばせる

山から転げ落ちた石で休む
願いは尾根に立つ明日はなくても
夜明けの風は仄白い
暖かそうな雲に追いつく

今日誰か滑った径を行く
木道を擦れ違う背に燧か至仏
月路に急ぐ山小屋の灯
退屈な今の世は月に疎開する

鈴生りの柿を実らせて鳥を待つ

野菊咲く野辺に墓黒々

秘湯の熱い湯にも秋の灯淡く

小屋を打つ雨風を夢できく

雨山を歩き切るも山宿に見る人もなし

トンボ死んだ道トンボとぶ

紅葉に賑わう秘湯にも冬の足音

来ないバスを歩きつつ待つ

赤棟蛇《ヤマカガシ》横切る先にバス停
笹を鳴らす風に付いて行く
釣舟草沢にヒッソリ
今日も口を開かない旅の一日

此の小屋に泊ろう何もない
人の入らない山休み放題
雨衣着て土に寝る
旅に孤独もリュックに詰めて行く

山を変え季節を変えても一人
日溜りを拾いつつ行く秋の山
孤独を栖として山を訪ねる
キツツキが私を淋しがらせます

日溜りの墓と暖まる

旅に聞いた道炎天に続く

紫陽花一杯咲かせて廃屋

雨上がりの尾根トンボと下る

淋しい峠に淋しい風吹く
孤独の波の寄せては返し
明日は死んでいるのか酔い潰れても一人
孤独を友として知らない山を訪ねる

淋しい峠に荒い息吐く
月に背中押される里の道
還暦を過ぎたら思うな十年後
我侭に歩く笹の尾根

一人で生きて何時迄生きられるのか
夕陽に鐘の音鳴り渡る
暮れの山里人が恋しい犬吠える
空しさを風の峠に捨てに行く

酉谷峠に立ってはみたが里の灯りは遥に遠く
枯れてなを冬に揺れてる薊立つ
何処に下ろう落葉径ザクザク
付き合いは山しかないさ尾根に立つ

陽影の沢にも蕺草《ドクダミ》白々
草の中にも鳳仙花咲く
ダイダイ実らせて土に置く
淋しい峠にキツツキの音澄む

日常と言う檻から抜けられない
錦散らした紅葉山に光の矢
老いが私を連れて行く
生涯の宝物は夫婦で子育て出来た事

後書き

有り余る
妻の思いが
過ぎ行く時に
埋められそうな
日々の中に
消えない
胸の燭火を
一行の詩として
世に出す事に
しました

青木 靖（あおきやすし）
一九三九年
昭和十四年
栃木県佐野市生

一行詩 生き様

2015年3月31日　初版発行

著　者　　青木 靖
発行者　　松田提樹
発行所　　株式会社PASSWORD
　　　　　クリエイティブメディア出版
　　　　　〒103-0022
　　　　　東京都中央区日本橋室町1-10-10
　　　　　電話番号 03-3272-7800
　　　　　http://www.creatorsworld.net
　　　　　E-mail：ebook@creatorsworld.net
印刷・製本所　シナノ印刷株式会社
装　幀　　クリエイティブメディア出版

ISBN 978-4-904420-15-7 C0192